장미에 입을 맞추는 이유

장미에 입을 맞추는 이유

초판 1쇄 인쇄 2011년 10월 13일
초판 1쇄 발행 2011년 10월 20일

지은이 | 김시헌
펴낸이 | 손형국
펴낸곳 | (주)에세이퍼블리싱
출판등록 | 2004. 12. 1(제2011-77호)
주소 | 153-786 서울시 금천구 가산동 371-28 우림라이온스밸리 C동 101호
홈페이지 | www.book.co.kr
전화번호 | 1661-5777
팩스 | (02)2026-5747

ISBN 978-89-6023-684-4 04810
ISBN 978-89-6023-683-7 04810(세트)

장미에 입을 맞추는 이유

김시헌 시집

ESSAY

언젠가 그녀도 내 이야기를 듣게 되는 날이 있겠지만
지금보다 한참의 시간이 흐른 후이기를 바랍니다.
나에 대한 기억이 아주 조금밖에 남지 않았을 때
우리가 더 나이를 먹고 지난날의 추억들이
그녀에게 아무것도 아닌 것이 되었을 때
그때 그녀가 눈물 없이 들어주기를 기도합니다.

김시헌

차 례

그리움의 꽃

그녀의 향기를
내 사랑의 씨앗이라 불렀습니다.

그녀가 내 가슴에 뿌려준 숨결을
빗방울이라 부르고
그녀가 보여 주었던 사랑을
빛이라 불렀습니다.

그 후 난 그녀의 고백으로
하나의 꽃망울을 갖게 되었지만
미련함으로 그녀를 떠나보낸 후
그제야 피어난 꽃은
슬픈 그리움의 빛깔과
슬픈 그리움의 향기를
가지고 있을 뿐이었습니다.

그대를 먼저 잃은 까닭으로

내가 눈부신 태양에 빛을 잃으면

그대가 나의 눈이 되어 주겠다던

약속을 기억합니다.

내가 날카로운 바람에 소리를 잃으면

그대가 나의 귀가 되어 주겠다던

약속을 기억합니다.

그리고 내 가슴의 모든 빈자리를

그대가 채워 주겠다던 약속을 기억합니다.

하지만

나의 삶은 이미 오래 전부터 생명을 잃은 채

죽은 벌레의 껍질처럼 버려져 있습니다.

차라리 빛을 잃었다면, 소리를 잃었다면

그대가 벌써 대신해 주었을 텐데

나는 바보같이

그대를 먼저 잃은 까닭입니다.

거꾸로 쓰는 편지

가을의 저녁이

겨울의 아침을 향해 지는 시간 동안

나는 너와 함께 걷던 시절들을 꿈꾸었다.

거리의 쓰러진 낙엽들이

다시 나뭇가지에 가 닿으며

푸르게 변해가는 그림을 그려보았다.

너의 아버지가 나의 손을 잡아주고

너의 어머니가 나를 다시 일으켜주는 꿈

스물 하나, 예전처럼

네가 다시 웃을 수 있다면

눈을 감으면 매일 밤

지나온 시간만큼의 꿈을 꾸고

그 꿈이 끝나기 전에

나는 자리에서 일어나지 못한다.

네가 보내준 편지들을

오늘도 다 뜯어보지 못하고

지나간 시간 속에서

나는 홀로 답장을 써내려간다.

장미에 입을 맞추는 이유

내가 장미에 입을 맞추는 이유는

장미가 아름다운 때문이 아니다.

장미가 그대를 닮은 때문이다.

내가 내 손등에 입을 맞추는 이유는

손등이 그대를 닮은 때문이 아니다.

아직 내 손등에

그대의 향기가 배어 있는 때문이다.

장미를 닮은 그대여

눈물을 떨구고 떠난 그대여

내가 그대를 찾지 않는 이유는

이젠 사랑을 지웠기 때문이 아니다.

예전보다 더 깊이 그대를 사랑하는 때문이다.

그리움이라고 밖에 부를 수 없는 것

다른 사람이 보기엔

미련해 보이기도 하고

지나쳐 보이기도 하고

자신에게도

고통이 따르지만

쉽게 떨쳐 버릴 수 없는 것

그리움이라고 밖에 부를 수 없는 것이 있다.

잠들지 못하는 밤

구름도 떠나간 하늘
온통 어둠뿐인 세상

떠나간 당신도 잠들었을 시간이지만
나는 아직 잠들지 못합니다.
하루 동안 아무리 당신을 그리워해도
밤이면 언제나
그만큼의 그리움이
다시 피어나는 때문입니다.

눈 내리던 날

가난한 자의 지붕 위에도

한겨울 눈은 내리고

이별한 자의 창가에서도

봄이 오면 꽃은 피어나는데

가난한 자의 꿈을

꿈을 꾸지 못하는 부자에게 팔아버리면

그들은 행복해질 수 있을까?

떠나버린 사람에게

이것이 그대의 마지막 사랑이라 얘기하면

그의 마음을 돌릴 수 있을까?

그의 지붕 위에 눈이 내려도

가난한 자는 눈물을 닦지 못하고

그의 창가에 꽃이 피어도

이별한 자는 향기를 맡지 못하네.

너의 눈물이 되어

눈물 맺힌
너의 눈이 좋아.
끝없이 빛나는
너의 슬픔이 아름다워.

흐르지 않고
영원히 맺혀 있을 수 있다면
나 눈물이 되어
너의 눈에 맺히고 싶어.

그리움의 시

너를 등지고 앉아

독한 술 한 잔을 비우고 나서

다시 너를 향해 돌아앉아

나는 그리움의 시를 쓴다.

우리의 사랑은

평생 헤어지지 않아도 될 만큼 간절했지만

결국 너에겐 너무 많은 상처들을 남기고

그 상처들보다 더 많은 기억을 간직한 나는

아직도 너를 잊지 못하네.

고왔던 너의 웃음과

내게 미음을 전해주던 수많은 편지들과

마지막 날 함박눈처럼 쏟아지던 너의 눈물

그 눈물을 나는 잊을 수 없을 것 같네

언제나 나에게 따뜻했던 너의 마음을

나는 잊을 수 없을 것 같네

밤새 너의 꿈을 꾸다가

아침에 일어나면 네가 없는 시간들이

아직도 나에겐 꿈인 것만 같아서

내가 다른 사람 만나는 꿈을 꾸었다고

네가 울며 당장 전화할 것만 같아서

나는 잊을 수 없겠지.

다 잘될 거라고 내내 거짓말만 하던 나는

마지막까지 거짓말로 너를 보내고…

그 거짓말의 대가로

영영 너를 잊을 수 없겠지.

달빛

사람들이 살기 전부터

하늘의 어느 별에는 서로 무척이나 사랑하던

한 쌍의 새가 살고 있었다.

하지만 그들은

내가 알지 못하는 어떤 이유 때문에

한 마리는 지구로- 한 마리는 달로-

멀리 헤어지게 되고 말았다.

서로 너무 사랑했지만

아무런 약속도 없이 헤어지게 되고 말았다.

그로부터 한참의 시간이 흐른 후에

지구에 있던 새는 자신의 짝을 그리다 그리다

슬픔이 병이 되어 죽고 말았고

달에 있던 새만이 그 사실을 모른 채

자신의 짝이 있을 거라 믿는 지구를 향해서

오늘도 쉬지 않고 날아오고 있다.

우리는 그 한 마리 새를 '달빛'이라 부른다.

나도 무엇인가를 향해 나는
한 마리 새이고 싶다.
끝내 이루어질 수 없다고 해도
희망을 품은 한줄기 달빛이고 싶다.
그래야 견딜 수 있을 테니
힘든 세상 견디는 빛일 수 있을 테니

가르마

2년 2개월 9일 만에 제대를 하고

한참이 걸려 다시 머리를 기르고

너를 만나기 전 거울 앞에 섰는데,

기억이 나질 않는다.

내 가르마가

왼쪽이었는지 오른쪽이었는지.

장미

장미는 그대의 상징
안개꽃 속에서
장미가 주인공인 이유와 같이
내가 그대를 사랑하는 까닭도
그대의 아름다운 빛깔 때문

그대는 아는가
우리의 키스도 장미와 같기를 꿈꾼다오.
장미의 향기만큼 달콤하고
장미의 빛깔처럼 짙을 수 있기를
기도한다오.

그대는 아는가
우리의 사랑도 장미와 같기를 바란다오.
가시에 찔려도 버리지 못할
심장 빛의 붉은 장미와 같기를 기도한다오.

마지막 줄에 사랑이고 싶다

그대가 하늘이라면

나는 그 하늘에 닿을 수 있는

한줄기 무지개이고 싶다.

그대가 바다라면

나는 죽어서도 그대 곁을 떠나지 못할

깊은 곳의 눈먼 물고기이고 싶다.

그리고

그대가 한편의 시로 남는 날

나 그 시의 마지막 줄에 쓰인

사랑이라는 고백이 되고 싶다.

늙고 나이를 먹어도

내가 늙고 나이를 먹어서

지금처럼 큰 소리로 웃지도 못하고

두 팔로 널 힘껏 안을 수 없는 날이 와도

그때도 네가 내 옆에 있었으면 좋겠어.

배경 좋은 창가에 나란히 앉아서

지금의 힘들었던 얘기

추억으로 나누면서

너와 다정히 손잡을 수 있었으면 좋겠어.

그렇게 더 시간이 흘러서

마음속 미움과 욕심 모두 버리고

내가 세상을 떠나야 하는 날이 와도

그때도 네가 내 옆에 있었으면 좋겠어.

나를 안고 옆에 누워서

나의 흰 머리카락을 넘겨주며

내게 사랑한다고 말해주었으면 좋겠어.

나의 눈에 흐르는 눈물을

그때도 네가 닦아주었으면 좋겠어.

더 행복한 것이 있을까?

늙고 나이를 먹어도

옆에서 널 안을 수만 있다면

영영 너와 함께할 수만 있다면

심장 속에 너처럼

아름다움만으론 안 된다.
아름다움은 영원히 기억될 의미로
충분하지 못하다.

슬픔이 섞여야 한다.
내가 없을 땐
짙은 외로움도 느껴야 한다.

그래야 한다.
너의 가슴이
나를 향한 눈물로 가득 차올랐을 때
심장 속에 박힌 너처럼
나도 너에게서
오랜 의미로 존재할 수가 있다.

창가에 기대어

너를 기다리며

노래를 부르고는 했었지.

지난밤 종이 위에 옮기지 못한 문장들을

기억해내려 애를 써보기도 하고

창가에 기대어

네가 오는 길을 한없이 바라보기도 했었지.

조금만 네가 늦어도 조바심이 나고

반가운 마음을 감추려

고개를 돌려보기도 했지만

그렇게 한참 동안 기다리던 골목길에

너의 모습이 보이면 난 얼마나 행복했는지.

창문을 열고 손을 흔들기도 했잖아.

지나가던 사람들이 다 들을 만큼

큰 소리로 널 부르기도 하고

담벼락 뒤에 숨어서 널 놀래 주기도 했잖아.

지금도 창문에 기대어 그 길을 바라보고 있으면

금방이라도 너의 모습이 눈에 들어올 것만 같은데

네가 웃으며 나의 이름을 불러줄 것만 같은데

이제는 널 기다리던 그 창가도

네가 오던 그 골목길도 사라지고

결국 나 홀로 간직한 기억들만 남았구나.

그녀의 추억을 위한 시

22-1번 버스를 타고

강서구청에서 목동 3단지까지

다시 목동 3단지에서 강서구청까지

우리가 처음 만난 날은 9월 2일

그날부터 우리는 하루도 빠지지 않고

두 달을 넘게 만났지.

내가 누군가에게 반한다는 걸

누군가 내게 반한다는 걸

나는 너와 함께 처음 알았지.

아침 9시에 만나도 밤이 되면

언제나 시간이 모자라고

같이 있을 수만 있다면

침대 밑에 신발을 숨긴 채

너의 방에서 잠이 들어도

우리는 바보처럼 겁나는 게 없었지.

하나- 둘- 셋-

이렇게 숫자만 세어도 웃던 네가

철없고 이기적인 나를 만나서

사람들은 모두들

네가 정신 차리는 날이

우리가 헤어지는 날이 될 거라 말했지만

얼굴을 맞대고

짬뽕 한 그릇에 밥을 말아 먹으면서도

우린 뭐가 그리 행복했는지.

내가 밉지?

약속을 지키지 못한

내가 미워 죽겠지?

책 한 권을 미안하다고만 적어도

그래도 모자랄 사람아.

네가 행복하길 바래.

사랑하지 않는다고 말한다

나를 기다리고 있던 너를 만났다.

돌아가라는 말,

다시는 찾아오지 않았으면 한다는 말

너는 내게 진심이 아닌 것을 안다고 말하지만

나는 그것을 고백할 용기가 없었다.

토라진 나를 달랠 때처럼

너는 고운 두 손으로 나를 안고 있지만

나는 언제나 이기적인 사람이었고

받을 줄만 알던 철부지였다.

너희 부모님이 죽도록 미워하던 골칫덩이였고

널 아까워하던 친구들에게

언제나 떼어버리고 싶던 나쁜 남자였다.

너의 어머니가 쓰러지고도

결국 나에게 보이지 못한 그 편지를

내가 우연히 읽게 되었을 때

나만이 너를 행복하게 해줄 수 있다는 생각

아파도 내 곁에서 아팠으면 좋겠다는 생각

그 이기적인 생각들을

나는 더 이상 붙들고 있을 수가 없었다.

나를 안고 있는 너를 뿌리치며

너에게 사랑하지 않는다고 말한다.

이젠 날 떠나서 좋은 사람 만나라고

몰래 나를 만나느라

아버지에게 더 이상 혼나지 말라고

너의 어머님이 좋아할 만한 사람 만나서

다시 가족들에게 사랑받는 딸이 되라고

함박눈 같은 눈물을 뚝뚝 떨어뜨리는 너에게

나는 아무렇지 않은 듯 얘기한다.

네가 아직도 내 안에서 심장을 쿵쿵 뛰게 만들지만

너의 눈물을 닦아주지도 못하고

떨리는 손을 감추고 있지만

지금껏 한 순간도 사랑하지 않은 적 없는

너의 눈을 마주하며

이젠, 너를 사랑하지 않는다고 말한다.

보답

너를 만나기 전의 모든 것들을

나는 잊을 수 있지만

너를 만난 후의 모든 것들을

나는 잊을 수 없네

너와 헤어진 후의 모든 것들을

나는 버릴 수 있지만

너와 함께했던 날들의 기억은

난 영영 버릴 수 없네

지난 나의 모든 말들을 기억하며

웃고 또 눈물짓는 너에게

나는 나의 향기를 선물하리오.

그대가 나를 잊지 않기를 바라며

나는 나의 영혼을 선물하리오.

아는가

내가 새가 되어 하늘로 날아오르지

않는 이유는 죽도록 그대에게

사랑노래를 부르고 싶은 때문

들리는가

내가 이토록 부질없이 매일 똑같은 사랑으로

수없이 노래를 부르는 이유는

그대에게 보답하고 싶은 때문

그대의 사랑에

그저 보답하고 싶은 때문

눈물을 빚어

아아, 눈물이여
또다시
어둠을 적시며
흐르는 눈물이여

너를 빚어
그녀를 만들까 하노라.

6월 29일

물고기들이 하늘을 날고

폭포는 절벽을 거슬러 올라가고

나의 영혼은 우주를 날아

욕심 없이 사랑을 나누는 법을 배운다.

기다림만으로 사랑에 만족하는 법을 배운다.

시계바늘은 거꾸로 돌아가

나는 다시 너의 팔을 베고 있다.

시간은 그 얼마나 무의미한 것이었던가.

세상 다른 일들이야

세월 속에서 존재하는 것이겠지만

진정한 사랑은 마음속에만 존재하는 법,

너만 막지 않는다년

몇 년이 지나고

몇백 년이 지나도

내 마음의 사랑은 변치 않으리.

나는 그저 그대가 나의 기다림을

안타까워 여기지 않기만을 바랄 뿐

눈물이야 흐르지만

나는 매일 마음속에서 그대를 만나기에

나의 육체가 조금 시들어도

정신이 조금은 외길을 가더라도

그렇게 그대를 사랑할 수 있기에

그대 나의 무너짐을 안타까워 않기만을 바랄 뿐

천 년을 기다려

열흘의 사랑노래를 부르는 새도 있다 하는데

내가 어찌 그대를

이루지 못할 기다림이라 하여 포기할 수 있겠는가

이미 그대에게 내 평생의 사랑을 받았거늘

죽는 날까지 그대를 기다린다 하여

어떤 아쉬움인들 남겠는가

이미 나를 버리고

오로지 그대만을 향해 있거늘

7월, 어느 날

철로 위에서
스쳐가는 두 기차가 기적을 울린다.

반가움의 인사가 아니다.
이제 다시 헤어져야 함을
안타까워하는 울음이다.

그녀 없는 삶을 견디기 위하여

그녀의 이름이 맴돌아도

머릿속에 그녀의 모습을

그리려 해서는 안 된다.

목이 무척이나 아프던 어느 날

한 번의 기침으로

내가 밤새 마른기침을 하게 되듯

한 번 그녀의 얼굴을 그리면 난

쉬지 않고 쏟아져 나오는 그리움으로

밤새 잠을 이루지 못할 테니

이제 눈물 흘려도 받아줄 가슴 없는

나는

그녀 없는 삶을 견디기 위하여

머릿속에 맴도는 그녀의 이름까지

깨끗이 지워야 하는 것이다.

몇 방울의 시간 속에서

한 방울…

한 방울…

시간이 흐른다.

지금 또다시 난,

너 없는 어두운 하루를 보내고 있다.

그 시절 우리에겐

사랑이라 부를 만한 것들이 있었고

아직도 조금씩 기억나는 행복이란 것이…

오늘도 난 그때의 어느 날을 흉내 내며

비를 맞고 있지만 지금 이 시간

안타까운 눈빛으로 날 위해 달려 나와 줄

너는-

존재하지 않는다.

하지만 오늘은 널 기다리고 싶다.

우연히 네가 이곳을 지나가는 기대라도 좋고

너도 나처럼 그날을 잊지 못했을 것이라는

기대도 좋다.

그저 무작정 기다리고 싶다.

이루어질 기대가 아니라도 억지로 믿으며

하루가 다 가도록 그리움이 다하도록

너만을 기다리고 싶다.

한 방울—

한 방울—

오늘도 그렇게 비가 내린다.

소녀와 걷던 지하도에서

크리스마스카드 몇 장과

시집 한 권…

다시 많은 사람들로 붐비는

지하도를 걷는다.

걸으면서 뒤돌아본다.

소녀를 닮은 어느 여인의 뒷모습을

그리곤

어디선가 들리는 음악사이로

한줄기 웃음을 흘리게 될 뿐이지만…

내가 소녀를 처음 보았을 때

그 소녀는 나의 눈을 마주보고 있었다.

너무나 아름다운 그 소녀가

나와 눈을 마주한 채

둘만이 알 수 있는 언어로

나의 이름을 부르고 있었다.

하지만

짝사랑밖에 할 줄 모르던 소년이었던 나는

소녀의 머릿결이 내 어깨를 간지를 때에도

소녀가 다시 내게 고백을 할 때에도

아무 말도 할 수가 없었다.

이제 나의 기도는

그 소녀의 향기를 잊지 않는 것

영원히 잊지 않고, 우연처럼 어디선가

다시 그녀를 찾아내는 것

그리고 나 역시

그때처럼 향기로운 소년으로 살아가는 것

말로 할 수 있는 것이 아니다

당신이 내게 사랑을 묻는다면

나는,

나의 가슴을 열어 보이리라

그래도 당신이 다시 묻는다면

나의 심장을 꺼내

당신의 가슴에

가까이 가져가리라

하지만 또 한 번 당신이

나에게 사랑을 묻는다면

나는 그대에게

아무 말도 하지 않으리라

차라리 당신을 안고

당신의 입술에 키스하리라

기다림 중에

모든 이

태어나기 전부터 죄를 짊어지고 있다 하더니

나의 죗값은 슬픔인가

그리움이고 외로움인가

어젯밤에

그녀를 지켜달라고 별빛에 부탁했더니

별들이 내게 이야기했습니다.

아직 모르느냐고

지금 네가 걱정해야 할 사람은

이미 널 잊어버린 그녀가 아니라

그녀를 기다리다

심장조차 까맣게 태워버린

바로 너 자신이라고

그렇겠지요.

그녀는 날 잊었겠지요.

그리고 지금 내가 걱정해야 하는 사람 역시

그녀가 아니라

아무 일도 제대로 하지 못하고 있는

나 자신일지 모릅니다.

하지만 어떡합니까

난 그녀가 잊히질 않는데

속이 좁아서

내 가슴엔 아직 그녀의 자리밖엔 없는데

차마… 그녀를 잊을 수가 없습니다.

끝내 다시 만날 수 없다 해도

그녀의 이름으로 시를 쓰고 노래를 불러

까맣게 타버린 심장으로

아직 뜨거운 눈물을 흘려보내며

그렇게 그녀를 기다릴 수밖에 없습니다.

그리움만 흐른다

하늘엔 낮에 구름이 흐르고
하늘엔 밤에 별빛이 흐른다.

바다엔 낮에 태양이 비치고
바다엔 밤에 달이 비친다.

하지만 내 가슴엔 오직 너뿐이다.
밤이나 낮이나 내 가슴은
오직 너의 모습만을 비추고
밤이나 낮이나 내 가슴엔
널 향한 그리움만 흐른다.

슬픔의 이유

언제나 슬픔엔 그 만큼의 이유가 있다.

그리고 내 슬픔엔

그 만큼 깊이 박힌 심장 속의 네가 있다.

나는 너를

그는 그녀를 그리워하고

그녀는 나를 그리워하고

나는 너를 그리워하네

왜 그는 그녀 때문에 술을 마시고

왜 그녀는 내 앞에서 눈물을 보이는가

왜 나는-

너의 눈물을 잊지 못하고 시를 쓰고 있는가

내가 너를 지우고

그녀의 손을 잡아준다면

그는 그녀를 포기하고

다른 사랑을 찾을 수 있을까?

그녀가 눈물을 멈추고

그의 술잔을 비워낸다면

그녀는 그와 함께

새로운 행복을 찾을 수 있을까?

그는 그녀를 그리워하고

그녀는 나를 그리워하고

나는 너를 잊지 못하네

멀리 있는 그대에게…

그대는 눈먼 물고기의 바다만큼

그대는 저 멀리 보이는 산만큼

그렇게나 내게 멀리 있나 봅니다.

웬만하면 다시 그대 곁으로

돌아갈 수 있을 것도 같은데

그래서 그대에게 닿을 수 없나 봅니다.

한숨 속의 향기

나의 한숨 속엔 너의 향기가 있다.

삶에 실망하고 한숨을 쉬다가

너의 향기를 느끼고 눈물까지 흘려버렸다.

네가 보고 싶고

너의 손을 잡고 싶고

너의 입술에 입 맞추고 싶어.

다시 너에게 전화를 해볼까?

너에게 내 마음을 담아 편지를 써볼까?

내 가슴은 아직도

너에게 내가 유일한 사람일 거라고

착각을 하고 있는데

아직도 너만을 평생 사랑할 자신이 있는데

너에게 사랑하지 않는다고 했던 건

거짓말이었다고 고백을 해볼까?

너도 아직 내 생각을 하겠지?

지금도 나를 그리워하겠지?

아닐 거야.

날 잊었을 거야.

나 없는 삶이

더 행복하단 걸

이젠 알았을 테니까.

연어

너와의 만남으로

나의 삶이 시작되었다.

널 그리워하며

나는 더 많은 꿈을 꾸고

어제보다 내일을

더 그리며 살 수 있었다.

너에게 빠져 있을 때

난 얼마나 한없이 부풀어 있었던가.

너의 곁에서

얼마나 많은 날들을 꿈꾸었던가.

이젠

다시 너의 품으로 돌아가고 싶다.

너에게 다시 돌아가

새로운 희망을 잉태하고 싶다.

호수

동쪽의 호수에서 넘친 눈물이

산맥의 뿌리를 타고 넘어

서쪽 호수에 고인다.

그리곤 두 호수의 눈물이

금세 하나의 외로움이 되어

조용히 그의 가슴속으로 숨어버린다.

그대, 영원히 마르지 않는 호수를 찾는가.

영원히 머물 수 있는 사랑을 찾는가.

그의 눈동자를 보라

그의 눈동자 속에 호수가 있다.

영원히 마르지 않는 호수가

그에겐 눌이나 있나.

쓸데없는 기대

인생은 마치 쓸데없는 기대와 같아요.

언제나 쓸데없는 기대들로

가득 차 있으니까요.

이해할 수 없는 일들이 찾아오기도 하죠.

나와 우리 모두와 이 세상에까지…

우리는 왜 이런 쓸데없는 기대를 할까요.

실망하기 위해서?

가슴 아파하기 위해서?

도대체

얼마를 더 기다리면

만족할 만한 행복이 찾아오는지.

체념해버리고 싶어도

포기해버리고 싶어도

기대를 버릴 수가 없네요.

희망 없이는 아무것도 할 수 없으니까요.

왜 난, 환상에서 벗어나지 못하죠?

환상과 거짓의 차이는 무엇일까요?

비난받지 않는다는 것,

그것일까요?

나에게 쓸데없는 기대를 갖지 말아요.

고흐의 귀를 대신해

고흐의 귀를 대신해

나는 무엇으로 나의 시를 증명해야 하는가

찢어진 엽서처럼 굳어버린 볼펜처럼

아무 짝에도 쓸모가 없어진 이야기들은

나의 서랍 속에, 컴퓨터 속에 버려져있는데

사람들은 결코 아무 짓도 하지 않았지만

그것만으로도 난

젊은 세월을 거짓말쟁이가 되어 살아야 했네.

시간이 흐르고

지겹게 또 시간은 흐르고

이미 오래 전에

나는 용기를 잃어버리고

게으름은

나의 몸에 기생하며

꿈을 갉아먹어 버리고

시간이 흐른다는 것은

그저 꿈을 잊어간다는 것일 뿐

이제 더는 도망칠 곳이 없어

더는 스스로 속일 변명도 없어

나는 너에게도 갈 수가 없어

언제쯤 나의 삶은 피어오를 것인가

언제쯤 나는 미쳐버릴 것인가

겨울

추운 날엔

아무리 옷을 껴입어도 움츠러지는 날엔

뜨거운 라면에 밥이라도 말아 배부르게 먹고

지난 날 소중했던 그 사람의 이름을

따뜻하게 추억해 보세요.

기억 속엔 미움밖에 남은 것이 없더라도

당신의 마음 보여주지도 못하고

떠나보낸 사람이라 하더라도

그때의 시간 속에서

그가 준 따뜻했던 친절이나

가슴 설레던 일들을 떠올려 보세요.

처음으로 당신의 이름을 불러주던 날들도

뜨겁게 입 맞추던 시간들도

이제는 되돌릴 순 없겠지만

그 사람을 그리워하며 조금만 참아보세요.

이제 당신에게 사랑이 찾아올 차례니까요.

마음은 외로운데

당신의 쓸쓸한 모습 들켜도 좋을 만한

믿음직한 누군가가 없다면

언젠가 만나게 될 새로운 인연에게 편지를 써보세요.

그에게 바라는 모습들과 당신이 꿈꾸던 다정함과

그와 같이 보려고 아껴두었던 영화 이야기도

그에게 보내는 편지에 속삭여 보세요.

지금은 외로워도 그 사람을 만나고 나면

힘든 기억들은 모두 지워질 걸 알잖아요.

그 사람이 언제나 당신의 이야기에

귀를 기울여 줄 걸 알잖아요.

그대 걱정 말아요,

당신이 외로울수록

더 아름다운 사랑이 찾아올 테니까요.

겨울비

비가 오네
눈물처럼 비가 내리네

그녀 떠난 겨울인데
한참 지난 겨울인데

눈물이 흐르네
미쳐버린 눈물이 날 떠나네

하얀 눈이 내리길 바랐었지
더 차가운 눈송이가 이 지겨운 슬픔들을
흔적 없이 덮어주길 바랐었지

겨울날의 끝없는 어둠이여
어둠 속의 끝없는 빗물이여

그것만으로도 당신이 행복할 수 있다면

그대, 이제 나에게 와서 나의 신부가 되어주오.

눈물이 흐르네

빗물처럼 눈물이 내리네

마지막이야

눈물이 흐르는 날에는

니가 날 생각해줬으면 좋겠어.

지금껏 내가 그렇게 세상을 견디어 왔듯이

너의 가슴이 슬픔으로 차오를 땐

날 향한 그리움이 힘이 됐으면 좋겠어.

어쩌면

죽는 날까지 널 그리워할지도 몰라.

기다림 끝의 이별을 영영 아쉬워할지도 몰라.

널 세상에서

가장 아름다운 여인으로 만들어 주겠다던 다짐을

넌 이미 잊었을 테지만

아직 그날의 이야기도

내겐 지켜야할 약속처럼 느껴지니까.

하지만 이젠 나도 널 잊어야겠어.

내 기억 속의 널 위해서

나만큼 힘들다 말하는 지금의 널 위해서

힘들겠지만
다시 날 사랑해줄 사람을 찾아야겠어.
앞으로도 니가 많이 그립겠지.
하지만 이젠 모른 척 살아갈 거야.
눈물로 깨끗이 지울 거야.
…

오늘이 마지막이야.

나의 신부여

그대, 나에게 와서 나의 신부가 되어주오.

나 매일 그대를 위해 노래를 부르고

그대의 발을 씻어 주리니

그대, 나에게 와서 나의 아내가 되어주오.

나 매일 아침이면 맑은 입맞춤으로

그대를 깨워 그대의 머리를 빗어 주리다

그대에게 이슬 맺힌 우유를 가져다주고

떠오르는 태양을 보며 영원한 나의 사랑을

그대에게 약속하리다.

하루 종일 그대만을 위해 생활하리다.

그대 나를 자랑스러이 여길 수 있도록

부끄러운 일은 절대 하지 않고

나의 모든 말과 모든 행동을 그대의

입장에서 다시 한 번 생각하고 실천에 옮기리다.

저녁이 오면 어둠이 내리기 전에

그대에게로 돌아오리다.

별과 달이 그대를 감싸 안기 전에

내가 먼저 그대를 안고 사랑한다 말하리다.

그대의 눈빛을 마주하며 행복이 내 곁에 있음을

모두에게 감사하리다.

얼굴을 모르는 나의 신부여

나 그대에게 세상에서 가장 아름다운 옷을

입혀주지는 못 하리요.

값비싼 보석을 선물하지도 못 하리요.

하지만―

나 죽는 날까지 그대만을 위해 시를 쓰리요.

그대의 이름으로 세상에서 가장 아름다운 시를 지어

그대에게 선물하리요.

얼굴을 모르는 나의 그리움이여

그대에겐

그대는

한겨울 눈이 머리끝까지 쌓이던 날

빙하처럼 얼어버린 동굴에서

밤새 땀을 흘려본 적이 있는가

깊은 바다처럼 푸르던 밤

사랑하는 이가 떨어뜨린 별에 맞아

온몸의 피를 모두 쏟아버리고

비어 버린 심장을

눈물로 채운 적이 있는가

그러나 그대는

그 외로움을 견딜 수 없어

끝내 눈을 감아버렸다가

다시 지옥에서 그녀가 그리워

삶으로 도망쳐온 적이 있는가

그대여,

지금 그대에게도 그리운 여인이 있음을 안다

그대에게도 사랑하는 사람이 있음을 안다

하지만 그대는

그녀에게 부끄럼 없이 사랑한다 말할 수 있는가

진정 그대에겐 사랑한다 말할 자격이 있는가

훔쳐보기

그의 노트엔

'내게도 사랑하는 여자가 있다'고 적혀 있었다.

하지만 난 여기에

'그에겐 매일 밤 훔쳐보는 여자가 있고

그는 그녀를 사랑한다고 믿고 있다' 라고

고쳐 적는다.

그는 요 며칠 동안 그녀의 얼굴을 보지 못했다.

월요일엔 그가 집으로 돌아오기 전에

그녀 방에 불이 꺼져버렸고

화요일엔 그녀의 어머니가

그녀의 방 창가에 빨래를 널어놓았고

어제는 새벽 2시가 넘는 시간까지

그녀가 집에 돌아오지 않았기 때문이다.

그에겐 무척 아쉬운 일이었지만

이미 그는 상상만으로도 그녀의 애인이 되고

그녀의 짓궂은 남편이 될 수 있다.

‘그녀에게 애인이 있을까?’

그는 ‘그럴 리 없다’라고 더 크게 적는다.

그는 밑의 줄에 이어서

‘요즘 그녀 때문에 아무 일도 할 수가 없다.’라고

적는다.

들떠있는 표정의 글씨들이

‘그녀를 사랑하기에도

나에겐 시간이 모자란다.’라고 얘기하고 있다.

그의 머릿속은 하루 종일

어린 아이처럼 투정을 부리고

때론 사소한 농담에 눈물을 보이다

다시 따뜻한 말 몇 마디에 자신의 품에 안겨오는

그녀의 모습을 상상한다.

그녀와 함께 잠자리에 드는 상상을 하며

눈을 감고, 그녀가 차려주는 아침을 먹는

상상을 하며 자리에서 일어난다.

오늘도 그는 저녁에 다정히 앉아

그녀와 수목드라마를 보는 상상을 하며

쉽게 행복에 젖어버리고

또, 그만큼 쉽게 하루를 보내 버린다.

상상이라는 건

가지지 못한 이들에겐 얼마나 푸짐한 만찬인가.

손으로 느끼고 눈으로 볼 수 없다 해도

현실보다 아름다운 시간을

언제고 즐길 수 있으니 말이다.

하지만 상상만으로 만족할 수는 없는 법.

누구든 다칠 때까지 시도해보지 않을 수 없으리라.

그는 이제 현실 속에서도

그녀가 자신을 사랑해주길 기대한다.

자신이 상상하던 모습들이

이제는 현실 속에서 이루어지길 바란다.

어젯밤 그의 일기장엔

'그녀의 목소리가 나의 상상만큼 달콤한지

그녀의 피부가 꿈속에서처럼 부드러운지

나는 느껴보고 싶다' 라고 적혀 있었다.

하지만 그는

그녀가 친절하고 상냥한 여인이라는 것에는

조금도 의심을 하지 않는다.

아무튼 그는

평소 즐겨 읽던 시집에서

멋진 구절들을 조금씩 빌려가며

한 통의 편지를 완성하고

정성껏 써 내려간 그 편지를

그녀의 집 편지함에 놓아두고는

며칠 후 그녀가 다니는 골목에서

꽃다발과 함께 그녀에게 사랑을 고백하는

그런 자신의 모습을 상상한다.

그리고는 다시 오래오래 그녀와

행복하게 사는 상상을 노트에 이어간다.

나도 그가 단 한 번의 용기만 낸다면

그녀에게서 '나도 당신을 그리워했어요.

당신이 지켜보고 있다는 걸 알면서도

당신에게 나의 모습을 보여준 거예요.

이제 당신이 상상하던 모습들을

우리 함께 이루어 나가요' 라는 말을

듣게 될지도 모른다는 상상을 해보지만

어떻든 내가 훔쳐본 그의 노트엔

'내게도 사랑하는 여자가 있다'고 적혀 있었고

난 여기에

'그에겐 매일 밤 훔쳐보는 여자가 있고

그는 그녀를 사랑한다고 믿고 있다' 라고

고쳐 적는다.

무덤에 갇힌 아이

세 개의 잎을 가진 아이가

무덤에 갇힌 채

나를 저주하며 죽어가네

이제야 나는 너의 고통을

나의 것으로 느껴

하지만 이제는 나의 고통을

네가 안쓰럽게 여길 수 없어

세 개의 잎을 가진 아이가

첫 번째 잎으로

나의 사랑을 저주하고

두 번째 잎으로

나의 젊음을 저주하고

세 번째 잎으로

나의 내일을 저주하네

너와 헤어지는 일은

나에게는 죽기보다 더 힘들어

나는 세 개의 잎을 가진 아이를

가슴에 곱게 품어 안고

첫 번째 잎술에

고해의 마음으로 입을 맞추고

두 번째 잎술에 후회로써 입을 맞추며

세 번째 잎술에 눈물로써 입을 맞추고

그 아이의 슬픔을 조용히 달래며

끝없는 어둠으로 함께 잠들어

다음 세상엔

오로지 다음 세상엔

오직 사랑받기 위해 태어나리라

담배 피우는 사나이

그는 다시 담배에 불을 붙이고

한참 동안 지저분한 기침을 하고 나서야

박제와 같은 텅 빈

자신의 몸뚱이 속으로 연기를 집어삼킨다.

그는 14살 나이에

학교를 그만뒀다고 말했다.

한참을 그것에 대해 떠들면서도

내게 이해할 만한 이유를 설명하지는 못했지만

아무튼 그는 학교를 그만두고

건달 짓을 시작했던

그 즈음부터 담배를 피웠다고 말했다.

흔해빠진 무용담들

지 같은 놈들을 두드려 패고

지 같은 기집애를 만났던 애기들

정말 재미도 없어서 듣고 나도

기억도 나지 않는 얘기들

그는 자신도

잘나가던 시절이 있다고 얘기한다.

'리'자로 끝나는 어느 동네에 가면

아직도 돈을 내지 않고 술을 마신다고

그곳엔 아직도 자신을 모르는 사람이 없다고

예전엔 그곳에서 잘나가던 건달이었다고 얘기한다.

이제 그저 사람들의 비웃음거리일 뿐인 그는

자신의 손등에 난 담뱃불 자국처럼

그간의 지저분한 기억들을

자랑스레 꺼내 놓는다.

하지만

아무도 그에게 관심을 두지 않는다.

담배 피우는 사나이
그는 이미 망가진 인간이다.
담배 피우는 사나이
그는 이미 죽어버린 사람이다.

혼자만의 사랑법

그녀를 바라보더라도

시선의 중심에 그녀를 두어서는 안 된다.

그녀가 눈빛을 느끼고 고개를 돌릴 때

설레는 마음을 가슴속 깊이 숨길 수 있도록

아닌 척 침착할 수 있도록

그녀가 내 곁에 와 서더라도

절대 시선의 중심으로

그녀를 바라보아서는 안 된다.

그녀의 친절을 나와 것과 같은 것으로 여기고

바보처럼 몇 마디 재미없는 농담이라도 해버리면

결국 스스로 가슴 아픔을 느끼게 될 뿐이니까.

그녀를 떠나보낼 때에도

아무렇지 않은 듯 보내야 한다.

죽는 날까지 그녀만을 그리워할 마음이라면

달빛을 향해 내미는 손길이라도

망설임이 없겠지만

그럴 자신이 아니라면

언젠가 완벽한 반쪽을 찾게 될 스스로를 위해서

다시 만나게 될지도 모를 그녀를 위해서

가벼운 슬픔 따윈 지우고

아무렇지 않은 듯

인사를 건네야 하는 것이다.

당신의 가까이에

당신을 그리워하는 이 있습니다.

당신의 사랑이 있는 곳보다 더 가까이에

당신을 사랑이라 부르며 당신만을

그리워하는 이 있습니다.

당신을 잊지 못하는 이 있습니다.

당신이 지금껏 너무 오래 혼자였다고,

이제 그만 그 사람

잊어야 할 것 같다고 얘기할 때,

차마 그대 앞에 나서지 못하고

늦은 밤, 홀로 그대 이름 적어 가며

당신을 그리워하는 이 있습니다.

당신은 오늘도 미련한 짓이라고

스스로를 원망하지만

당신보다 더 미련한 이 있습니다.

누군가에게 상처받을까 당신이 두려워할 때

당신이 보인 냉정함에도

조용히 웃어 보이는 이 있습니다.

당신을 사랑이라 부르며

삶의 모든 의미를

당신에게 바쳐버린 이 있습니다.

Goodbye my…

슬픔도 자위처럼

어딘가에 쏟아버리고 나면

한풀 꺾이는 것이었으면 좋겠어.

잔잔한 노래 들으며 눈물 흘리고 나면

한 동안은 아무렇지 않은 듯

견딜 수 있는 것이 슬픔이었으면 좋겠어.

네가 '안녕'이라고 말할 때

편히 보내줄 자신이 없어.

너를 보낸 후에도

쉽게 잊어버리고

다시 사랑을 시작할 자신이 없어.

밤새 혼자 울어버리고

네 앞에선 농담 섞인 이야기나 나누며

헤어지면 좋을 텐데.

내겐 그럴 자신이 없어.

그래서 그렇게 바라는 거야.

널 위해서, 날 위해서.

그리움도 날 떠날 너처럼

내게서 쉽게 떠날 수 있는 것이었으면 좋겠어.

나의 눈물이 손등에서 말라버리듯

그렇게 쉽게 잊혀지는 것이

그리움이었으면 좋겠어.

그렇게 쉽게 견딜 수 있는 것이

이별이었으면 좋겠어.

외사랑

불러보지 못한 이름을
사랑하는 이 있습니다.

그 이름을
한 번도 불러보지 못하고
사랑을
떠나보내야 하는 이 있습니다.

2월 5일 (토)

이번 겨울은 유난히 눈이 많은 것 같아

깨진 창문처럼 혼자 슬퍼하고 있는데

창 밖으론 오늘도 눈이 내리고 있어

어쩌면—

내가 희망이라 믿었던 것들은

희망이 아니었나봐

아직도 나의 가슴은 흔들리고 있는데

죽은 가수의 노래처럼

너무 아픈 사랑은 사랑이 아니었나봐

그의 노래를 듣고 있어

꿈을 버리고 떠난 가수의 노래를 듣고 있어

하지만 난

희망의 달빛을 슬픔으로 물들이고 싶지는 않아

지금은 외롭고 힘들지만

마지막 줄기마저 잘라버리고 싶지는 않아

지금 나는 그저

어떻게 해야 하는지를 모를 뿐이야

언제까지 기다려야 하는지

오늘의 외로움을 어떻게 달래야 하는지를

모를 뿐이야

눈이 많은 이 겨울이

조금 힘든 것뿐이야

우리 헤어질 때

우리 이제 헤어질 때

잊지 말라는 부탁은 하지 말아요.

사랑하는 이를 떠나보낼 때

잊지 않겠다는 약속도 하지 말아요.

잊지 말라고 해서

잊히지 않는 것이 아니거늘

잊으라 해서

잊을 수 있는 것이 아니거늘

우리 이제 헤어질 땐

헛된 약속으로 서로를 붙들지 않도록

잊지 말라는 말은 하지 말아요.

테스에서

밤새, 날 위해 울었노라고 말했다.

내 슬픔을 알 수 있을 것 같다고 말했다.

이제는 잊어버리는 게 좋은 방법일 수 있다고

그녀는 알 수 없는 눈물을 흘리며

나를 바라보고 있었다.

아무 말도 할 수가 없었다.

내 마음을 내 그리움을 설명할 수 있는 말들을

나는 아직 찾지 못했으니까.

내 상처를 지워주고 싶다고 말했다.

그녀는-

날 사랑하고 있다고 말했다.

하지만 난-

아무 기대도 하고 싶지 않다고 말한다.

그녀에게 난—

나의 기억 속의 그녀가

다른 누군가와 겹쳐지는 것을

아직 원치 않는다고 말한다.

눈물에 대하여

친구야

내 눈물을 거짓이라 얘기하지 말아 줘.

거짓이기에 짠맛을 가진 거라고

거짓이 아니라면

물처럼 아무 맛도 없을 거라고

너는 아직 내 눈물을 맛보았던 적이 없으니

그런 식으로 내게 말하진 말아 줘.

친구야

내 눈물을 바다에서부터 온 것이라고

얘기하지 말아 줘.

끝없이 쏟을 수 있는 이유 역시

바로 그 때문이라고

너는 아직 내 맘에 들어와

눈물의 시작을 보았던 적이 없으니

내 눈물을 바닷물이라고 부르지 말아 줘.

나의 이야기를 들어주는 친구야

그저 내 눈물을 사랑이라 믿어 줘.

이루지 못해 더욱 짙어진

잊지 못해 더욱 짙어진

지난 사랑의 표현일 뿐이라 믿어 줘.

그렇게 믿고선, 내 눈물에 대해서 말고

내 남은 슬픔에 대해서나

한 번 더 생각해 줘.

시계태엽은 녹슬지 않는다

시계의 몸짓이 사랑이라면
사랑이 떠난 후에도
시계의 마음은 식지 않는다.
그들의 기다림에는 인간들처럼
원망이나 미움이 묻어 있지
않기 때문이다.

시계의 몸짓이 희망이라면
매일 제자리라 할지라도
시계의 희망은 꺼지지 않는다.
그들은 우리처럼 요행을 바라거나
욕심을 가지지 않기 때문이다.

나는 알고 있다.
우리의 어떤 눈물 꺼리에도
시계태엽은 눈물 흘리지 않는다.
자신의 맘을 녹슬이지 않기 위해서

당신을 기억합니다

내 목소리를 좋아해주던 사람이 있었습니다.

따뜻한 내 목소리가 좋다고 하루에도 몇 번씩

전화를 걸어주던 사람이 있었습니다.

내 웃음을 좋아해주던 사람

해맑게 웃는 모습이 예쁘다고 나보다 더 밝게 웃으며

잠에서 깨기도 전에 나를 만나러 와주던 사람이 있었습니다.

나의 넓은 어깨를 좋아해주던 사람

내가 부르는 노래를 좋아해주던 사람

그 사람을 사랑하는 동안은 잠시도 외로울 시간이 없었습니다.

그녀가 정신을 차리는 날이

우리가 헤어지는 날이 될 거라고

모두가 얘기했습니다.

그녀의 눈에서 콩깍지가 벗겨지는 날이

우리 이별의 날이 될 거라고

사람들이 얘기했습니다.

그래서인지 그녀의 아버지도 어머니도

그녀가 정신 차리기만을 바랐습니다.

결국 나는 그녀의 아버지 말씀대로 군대에 갔습니다.

그녀의 부모님은 군대에 있는 2년 동안 우리가

서로를 잊을 수 있을 거라 믿으셨으니까요.

하지만 그녀는

2년 동안이나 나를 기다려 주었습니다.

천통이 넘는 편지를 써주고 한 달이면 두 번씩

부대로 면회를 와주었습니다.

부모님께 말도 못하고 나를 만나느라

편지의 답장도 집으로 받지 못하고

면회를 올 때마다 그림을 그리러 간다고

거짓말을 해야 했지만

그녀는 그렇게 나를 기다려주었습니다.

그녀가 힘들어할 때면

나는 그녀의 아버지가 바라는 사람이 되어보겠다고

약속했습니다. 그녀에게 매번 조금만 참아달라고 얘기했
습니다.

그러나 나는 그 약속을 지키지 못하고

결국 그녀를 떠나보내야 했지요.

함박눈처럼 커다란 눈물을 떨어뜨리던 그녀에게

사랑하지 않는다는 말로 이별을 얘기해야 했지요.

그녀가 나를 사랑할수록

그녀의 가족들에게 우리는 사랑받지 못하는 사람이

되어가고 있었으니까요.

나는 그녀에게 많은 약속을 했지만

이렇게 한참만에야 그 많은 약속들 중에서

단 한 가지 약속을 지켰습니다.

이제야 내가 그녀를 얼마나 사랑했는지

왜 사랑하면서도 보내야 했는지를 고백했습니다.

언젠가 그녀도 내 이야기를 듣게 되는 날이 있겠지만
지금보다 한참의 시간이 흐른 후이기를 바랍니다.
나에 대한 기억이 아주 조금밖에 남지 않았을 때
우리가 더 나이를 먹고 지난날의 추억들이
그녀에게 아무것도 아닌 것이 되었을 때
그때 그녀가 눈물 없이 들어주기를 기도합니다.

참붕어

삶이 굳어져버린 채

병원에 누워있는 선배를 찾아가

횟집에서 함께 술을 마시며

'형은 왜 결혼 안 해?'라고 묻다가

'형은 꿈이 뭐였는데?라고 묻다가

대답을 들어도 재미없고

나도 이대로 굳어져버리지 않을까 하는

생각에 한참을 걸어 성산대교 밑

강물 속으로 뛰어들어

무릎을 끌어안고 물속 깊이 가라앉아

숨을 제대로 쉬지 못하고 점점 굳어져가고 있는데

버둥거리는 나 때문에

참붕어 한 마리가 깨어나 졸린 눈을 뜨고

나를 바라본다.

힘들지 않니?

물속에만 있으려니까

숨도 제대로 쉬지 못하고 힘들지 않니?

괜찮아

그것도 잠깐뿐이지…

계속 견디다 보면 나중엔 괜찮아지더라

그렇구나.

계속 견디다 보면 괜찮아지는구나.

결국 나도 굳어져버리는 날이 오겠구나.

시간 (시간은 뱀처럼 빠르다)

벌어진 철망 사이를 탈출하듯

젖은 바위틈을 미끄러지듯

다시 한 마리의 뱀이

벽에 걸린 시계를 빠져 나와

내방을 지나고 거실을 지나서

닫힌 현관 문틈으로 사라진다.

그 한 마리 뱀이 떠나가는 것을

멍하니 보고나면 또다시 한 마리 뱀이

그 길을 따라 떠나가고

나의 17살은 어디쯤 가고 있을까?

나의 21살은 어디쯤 가고 있을까?

수없이 쏟아져 나오는 그 뱀들 중에서

나는 대체 몇 마리나 잡아 가두어 두고 있는가.

헛되이 보낸 시간

사소한 독서를 한 적도 없다.

운동을 즐기지도 않았고

누군가에게 편지를 쓰지도 않았다.

누구를 위해서

그 어떤 노래도 부르지 않았다.

나는 뜬눈으로 죽어 있었고

산 채로 박제되었던 최초의 인간이었다.

마치 유언을 기다리고 있는 것처럼

아무도 나에게 말을 걸지 않았다.

나처럼 게으른 족속들에겐

가만히 있어도 시간이 흐른다는 사실은

얼마나 크나큰 저주인가.

나에겐…

헛되이 보낸 시간이 있다.

자살을 꿈꾸다

죽기 전에 한편의 시를

쓰고 싶어 하는 자를 보았네.

세상에 한편의 시를

남기고 싶어 하는 자를 보았네.

죽기 위해 한편의 시를

쓰고 싶어 하는 자를 보았네.

자신의 이야기를

남기고 죽으려 하는 자를 보았네.

하지만 죽고 나서

누군가 자신의 이야기를 들어주는 것이

대체 무슨 소용이 있단 말인가?

떠나버린 사람에게

다시 사랑을 묻는 것처럼…

그따위 시

밤늦게 불 끄고 컴퓨터 앞에 앉아서

음악만 틀어놓고 있으면 시가 나오나?

사랑하지도 않았던 여자 가버렸다고

친구들 불러서 술을 마시면 시가 나오나?

네가 너에게도 솔직하지 못한데

거짓말을 변명하다

또다시 거짓말이 나오는데

그 머리를 쥐어짜고 있으면

가슴에 부딪히는 시가 나오나?

아직도 폼이나 잡아보려고 시를 쓰나?

좀 더 편한 취미생활을 찾아보지!

사랑하지도 않으면서 사람을 붙잡고

슬프지도 않으면서 눈물을 흘리면

너라도 알아들을 시가 나오겠니?

네 마음 그 누가 알아줄

가슴 치는 시가 나오겠니?

책상 위로 쓰레기통이 오르다

책상 위로 쓰레기통이 오른다.

떠나간 누군가의 머리카락이 담겨있고

피우다 만 담배꽁초가 버려져있는

쓰레기통이 책상 위로 오른다.

책들 위에 쌓인 게으름을 털어 넣었던

애써 소리를 낮춘 기침으로

상처를 뱉어버리기도 했던

이제는 지워지지도 않을 때가 묻어있는

쓰레기통이

책상 위에 놓여있다.

나의 더러움은 버리지 못하면서

나의 게으름과 이기심은 버리지도 못하면서

손가락 끝으로 오물들을 집어

나는 얼마나 많이 그의 입속에

쑤셔 넣었던가.

책상 위로 쓰레기통이 오른다.

그녀의 눈물을 닦아낸 휴지를 품어내던

내 부끄러운 습작의 노트를 숨겨주던

때론 누군가의 편지를 구겨 버리기도 했던

그 쓰레기통이 책상 위로 오른다.

자신의 구석진 자리를 버리고

이제 책상 위에 쓰레기통이 놓여있다.

희망의 시를 위해

이젠 시를 쓰는 그리움으로도

날 위로할 수가 없어.

춥고 외로운 내 방에서

더 이상 찾아낼 기쁨도 없고

쉽게 끝나버리는 자위 뒤엔

안고 늘어질 그녀도 없지.

삶에 대해선 모두 쉽게 이야기하더라.

멋지게 아주 멋지게

삶에 통달한 철학자들처럼—

살아있는 것만으로도 살아야 할 이유는

충분한 것이라고

희망은 언제나 가까이에 있는 것이라고

하지만 아무도 나의 희망을 찾아주진 못했어.

내 삶은 고통뿐인데

내 삶은 눈물뿐인데

모두들 너무 쉽게 얘기하는 것 같았어.

정말 지겨워.

외로움도 지겹고 모든 일에 희망을 잃고

쉽게 절망해 버리는 나도 지겹고

다시 사랑을 시작하면 나도 뭔가 달라질 수 있을까?

그들처럼 쉽게 삶을 얘기할 수 있을까?

사랑을 배우고 싶어.

상처주지 않고 상처받지 않고

사랑하는 법을 배우고 싶어.

따뜻한 마음을 가진 누군가 안에서

남은 눈물을 모두 흘려버리고 싶어.

사랑 속에서 삶을 배워

희망의 시를 쓰고 싶어.

내 가슴에 언제나

내 가슴속에 항상

희망이 가득하다면 얼마나 좋을까.

가슴속에 희망이 넘쳐흘러서

사람들에게 아무리 나누어주어도

내 의지에 빈틈이 생기지 않는다면

끝까지 나의 꿈을 버리지 않을 수 있다면

언제나 살아있음을 감사할 수 있다면

그럴 수 있다면 얼마나 행복할까.

내 가슴에 언제나

희망보다 소중한 사랑을 가득하게 할 거야.

사랑이 모두에게 전해져

우리들 가슴에 눈물을 닦을 수 있도록

이제 가슴속에 사랑을 가득 피울 거야.

나의 꿈을 버리지 않을 거야.

가슴속에 가득한 사랑이

우리가 살아가는 동안

희망의 빈틈을 우리 의지의 빈틈을

눈물 한 방울 새지 않도록 메우게 할 거야.

봄날 꽃밭에 누워있소이다

나의 육체는

무거운 돌덩이들이 누르고 있소이다.

나의 몸뚱이 위엔

한없이 무거운 바위들이 놓여져

숨조차 마음껏 쉬어볼 수 없지만

나의 영혼은 그대를 찾아

푸른 봄날 꽃밭에 누워있소이다.

여름날의 따뜻한 바닷가에 누워있소이다.

아마도 그대의 심장엔

아직 나의 피가 흐르고 있을 것이외다.

아마도 그대의 손바닥엔

나의 이름이 새겨져 있을 것이외다.

그대가 나를 잠시 잊는다고 해도

그대의 가슴은 나를 잊지 못할 것이외다.

그대의 사랑이

나에겐 감당하기 힘든 행복이었나 보오.

그대의 입맞춤이

나에겐 잊을 수 없는 축복이었나 보오.

그래서 차마 내가 그땐

사랑한다고 말하지 못했나 보오.

아직 나의 육체는

무거운 돌덩이들이 누르고 있지만

나의 영혼이 봄날 꽃밭 위에 누워있는 이유로

나의 영혼이 여름날 바다 위에 누워있는 이유로

그대— 나를 찾아오시는구려.

아름다운 그대- 아무 말도 하지 않으시고

나에게 눈물의 입맞춤을 주시고는

다시 그 고운 발로 멀리 떠나시는구려.

5월 11일

보고 있나요?

당신은 지금 나를 보고 있나요?

이 안에 숨겨둔 당신의 이야기를 찾았나요?

당신에게 말하지 못했던 고맙다는 미안하다는

내 맘을 읽어 보았나요?

아파트 담벼락 사이로 장미꽃들이 피어

당신의 이름이 생각났어요.

얼마 전엔 홍대 앞을 지나다가 차에서 당신을

보았지만 차를 세울 수가 없었어요.

정말 당신이 맞을까 봐

당신이 날 알아볼까 봐 겁이 났기든요.

어딘가에서 잘 살고 있겠죠?

나와 헤어진 뒤에도

나처럼 다시 몇 번의 이별을 하고

이 글을 읽을 때쯤엔 누군가의 아내가

귀여운 아이의 엄마가 되었겠죠?

어릴 적부터 나의 꿈은

장미를 닮은 한 사람을 만나

그녀와 첫 키스를 하고 평생 그녀와

행복하게 사는 것이었는데…

웃기잖아요. 당신을 만나서 미안하단 말

고맙다는 말만 할 수는 없잖아요.

당신은 나를 잊고 있었나요?

나도 이제 당신을 잊고 살아도 될까요?

당신께 고마운 맘도 미안했던 일들도

이렇게 다 고백했으니

이제는 나도 평생을 함께할 사람을 찾아도 될까요?

그 사람을 당신보다 더 사랑할게요.

당신의 향기와 따뜻한 마음과 몇 년을 듣지 못해도

떠오르는 목소리까지

이제 다 잊고 그 사람을 찾을게요.

당신도 지금 내 목소리가 들리나요?

미안해요… 고마웠어요…